LAS
BOTELLAS
SE
ROMPEN

Nancy María Grande Tabor

ini Charlesbridge

Para Jorge
Y en memoria de Don

Published by Charlesbridge Publishing
85 Main Street, Watertown, MA 02472
(617) 926-0329

Library of Congress Cataloging-in-Publication Data
Tabor, Nancy.
Las botellas se rompen/by Nancy María Grande Tabor.
p.   cm.
Summary: A child describes how it feels when a parent drinks.
ISBN 0-88106-320-7 (softcover)
[1. Alcoholism—Fiction. 2. Parent and child—Fiction.
3. Spanish language materials] I. Title.
PZ73.T23   1999
[E]—dc21   97-37585

Printed in the United States of America
10 9 8 7 6 5 4 3 2 1

The illustrations in this book were done in tissue paper
on construction paper and were modified in Adobe Photoshop.
The display type and text type were set in Tiepolo and Lemonade.
Color separations were made by Eastern Rainbow, Derry, New Hampshire.
Printed and bound by Worzalla Publishing Company, Stevens Point, Wisconsin
Production supervision by Brian G. Walker
Designed by Diane M. Earley
This book was printed on recycled paper.

Eso soy yo.
Ese punto pequeñito.
Así es como me siento. Me siento
como si fuera muy poca cosa y no valiera nada.

Estas son botellas.
Hay muchas botellas por todas partes.
Mi mamá deja botellas tiradas por todas partes.

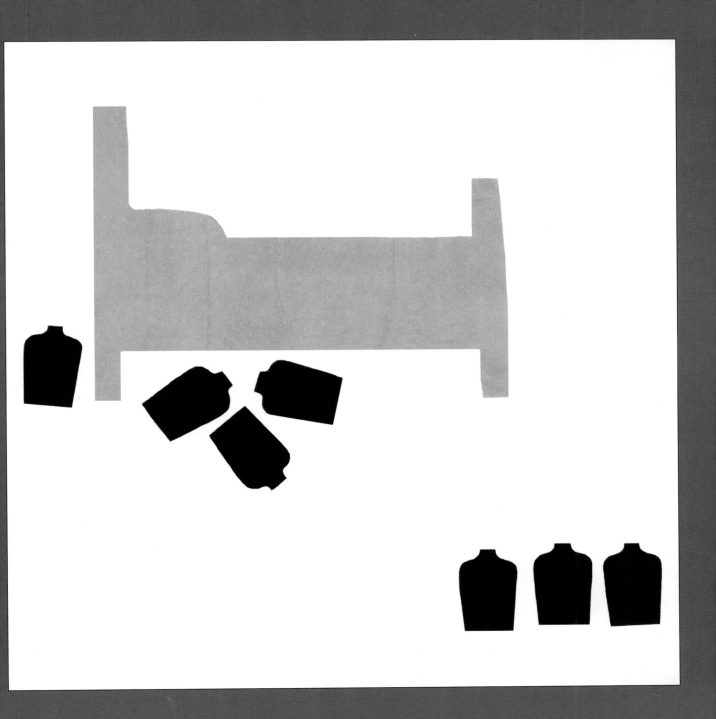

A veces las encuentro debajo de la cama.
A veces en un rincón.
A veces en el piso de la sala.

Esta es una botella.

Hay algunas personas que piensan que las botellas son bonitas. Hay algunas personas que hasta darían la vida por una botella.

A veces creo que mi mamá
preferiría tener una botella
en vez de tenerme a mí.

Las botellas son de diferentes formas y colores,

y las personas que toman de ellas también.

Pero lo que hay dentro de las tantas botellas diferentes es lo mismo: ALCOHOL.

Y dentro de las tantas personas diferentes hay lo mismo también: el *deseo* de tomar alcohol.

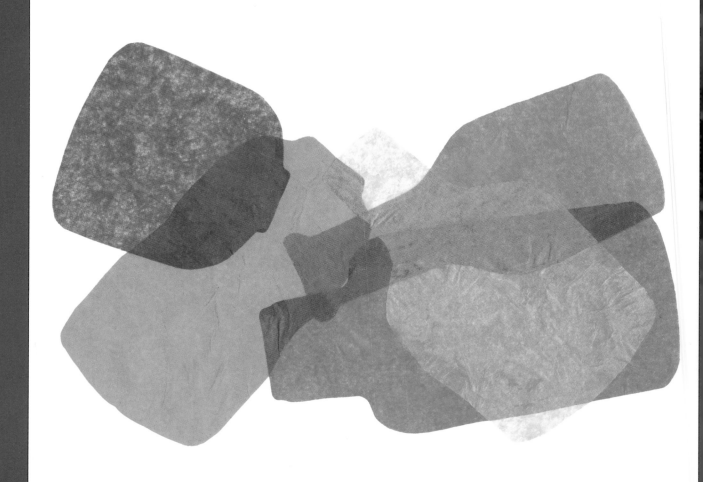

Estas son muchas botellas.
Al principio, todas están llenas . . .

luego, están vacías. Nadie quiere las
botellas vacías, y por eso las dejan tiradas.

Las personas que toman de estas botellas
son parecidas a las botellas. Antes de tomar,
están llenas. Valen como personas.

Pero después de tomar, parecen vacías.

No se puede hablar con ellas porque no entienden. Se comportan de forma rara y hacen tonterías o cosas horribles.

A veces se enojan y gritan. A veces lloran.

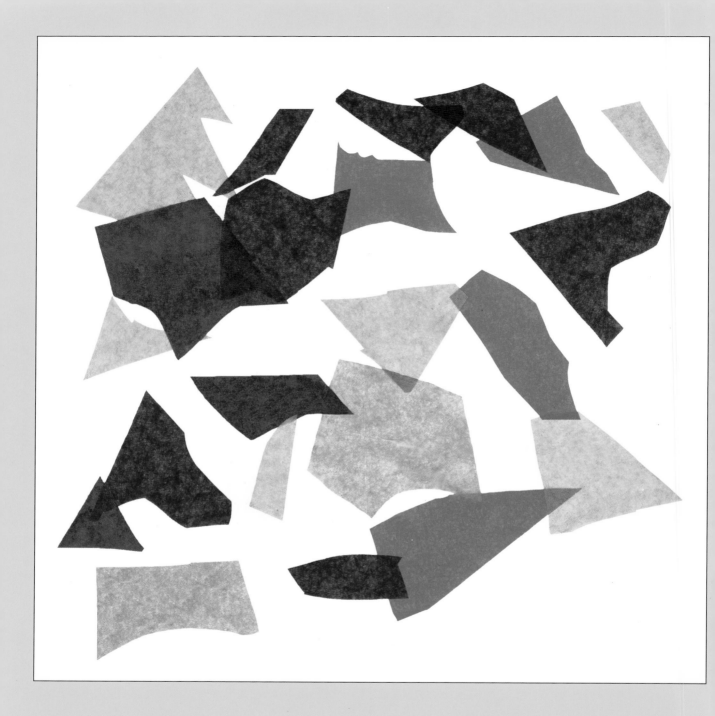

A veces tiran las botellas y se rompen.
Las botellas vacías y rotas pueden lastimar,
y las personas vacías y decaídas
pueden lastimar también.

Yo me siento lastimado, y sé que mi mamá siente
lo mismo. La veo llorando y decayéndose.

Puedo tirar las botellas rotas y vacías.
Puedo barrerlas fuera de casa.
Pero a mi mamá no.

Yo quiero que mi mamá se quede conmigo.
Quiero que seamos solamente mi mamá y yo.
Y NADA DE BOTELLAS.

¿Por qué toma la gente?

¿Por qué se lastima tanto?

¿Es mi culpa?

¿Hice algo malo?

?

¿Cómo se repone
la gente
decaída?

¡¡ ? ? ? ?

Tengo tantas preguntas.

Mi maestra vio lo que yo había escrito y me
preguntó si quería hablar con ella.

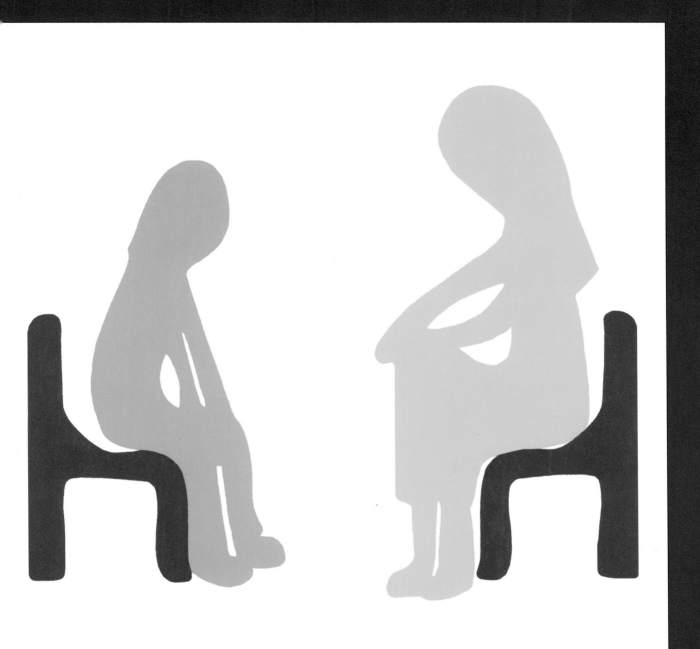

Me dijo que intentara no sentirme mal,
y que yo no tengo la culpa de que mi mamá tome.
Me dijo que mi mamá tiene una enfermedad
que se llama alcoholismo.

Me dijo que cuando me sintiera mal por lo de mi mamá, hiciera cosas como montar en bicicleta, leer un libro,

jugar con mis amigos, o escribir.

Algunos días, mi mamá juega conmigo o da un paseo conmigo, lee conmigo o habla conmigo.

Quisiera poder disfrutar así con mi mamá
todos los días.

Pero cuando ella toma,
yo hago cosas que me hacen sentir mejor.

Este soy yo.
Ya no me siento como aquel puntito.
Cada día estoy creciendo más, y más, y más.

Si uno de tus padres o alguien cercano a ti toma, puedes pedir ayuda e información a una de las siguientes personas o asociaciones:

un amigo o un pariente de confianza
una enfermera de tu escuela
un consejero escolar
una organización religiosa
un maestro

Al-Anon or Alateen
1600 Corporate Landing Parkway
Virginia Beach, VA 23454
(800) 356-9996 or (800) 344-2666
(757) 563-1600 (family group headquarters) • www.al-anon.alateen.org

National Association for Children of Alcoholics
11426 Rockville Pike, Suite 100
Rockville, MD 20852
(888) 554-COAS(2627) • www.health.org/nacoa
(El web site incluye una sección solamente para niños.)

National Council on Alcoholism and Drug Dependence, Inc.
12 West 21st Street
New York, NY 10010
(800) NCA-CALL (622-2255) • (212) 206-6770 • www.ncadd.org

National Clearinghouse for Alcohol and Drug Information
mantiene un web site para niños en www.health.org/kidsarea

American Academy of Child and Adolescent Psychiatry
provee información sobre los hijos de la gente alcohólica en
www.aacap.org/factsfam/alcoholc.htm

Acuérdate, las llamadas de 800 y 888 son gratis. No te olvides de marcar 1 primero. En el momento de publicación, todas las direcciones del web eran correctas y funcionaban.